Alessandro Cattelan
Emma libera tutti!
ispirato ai racconti di Nina Cattelan
disegni di Chiara Nocentini

COPERTINA
Art director: Francesca Leoneschi
Graphic designer: Pietro Piscitelli / *the*World*of*DOT

INTERNO
Grafica: Studio Akhu, Roma

ISBN 978-88-3624-129-3
Prima edizione dicembre 2020
ristampa 11 10 9 8 7 6 5 4 3 2
anno 2024 2023 2022 2021 2020

galluccieditore.com

Stampato per conto di Carlo Gallucci editore srl
presso Grafica Veneta spa (Trebaseleghe, PD) nel mese di dicembre 2020

Il ricavato dei diritti maturati da Alessandro Cattelan per questa pubblicazione sarà devoluto ad ASSOCIAZIONE CAF – Centro di Aiuto ai Minori e alla Famiglia in Crisi.
www.associazionecaf.org

ALESSANDRO CATTELAN

Ispirato ai racconti di
NINA CATTELAN

Emma Libera Tutti!

Disegni di
CHIARA NOCENTINI

Gallucci

Emma era una bambina che si comportava sempre bene. Era sorridente, teneva in ordine la sua cameretta, salutava tutti con un bel sorriso, si lavava i denti tre volte al giorno e non faceva mai (beh, quasi mai...) arrabbiare la sua mamma e il suo papà.

Per questo non aveva nessun dubbio che la mattina di Natale avrebbe trovato come ricompensa una montagna di regali sotto l'albero.

Invece, quando si scapicollò giù dal letto e corse in salotto per scartare i suoi doni, ci rimase molto male vedendo che Babbo Natale non le aveva portato neanche un regalo. Nemmeno un pacchettino piccolo piccolo. Niente di niente. Emma stava quasi per scoppiare a piangere.

«Mamma, papà!!! Perché non ho ricevuto nemmeno un regalo? Non sono stata brava?»

Anche i genitori della bimba sembravano sorpresi.

Emma era stata molto buona per tutto l'anno... aveva anche imparato a mangiare i broccoletti, non aveva proprio senso!

«Forse Babbo Natale ha trovato traffico ed è un po' in ritardo» provarono a spiegare i genitori.

«Ma Babbo Natale vola con le renne! Mica usa la macchina come voi! È impossibile» rispose Emma.

Non aveva tutti i torti.

In quel momento squillò il telefono.

«Pronto?»

«Buongiorno! Sono Lulu, posso parlare con Emma? Per favore! Veloce! Veloce! È urgentissimooo!»

Lulu era la migliore amica di Emma e sembrava davvero impaziente!

«Pronto...» disse Emma con voce triste.

«Emma! Mi è successa una cosa incredibile! Babbo Natale si è dimenticato di me! Non ho ricevuto nessun regalo!»

Emma era incredula!
«Nemmeno io!»
«Ma tu sei stata buona?» chiese Lulu sospettosa.
«Buonissima! Ho mangiato sempre le verdure!»
«Anche i broccoletti?» domandò Lulu scettica.
«Sì!» rispose Emma con un certo orgoglio.

«Allora è davvero un mistero... Pensa che poco fa mi ha chiamato Jacopo e anche lui non ha trovato niente sotto l'albero. E la settimana scorsa era anche il suo compleanno, ma non ha ricevuto neppure un regalino minuscolo... Era tristissimo...»

Emma salutò Lulu e andò a sedersi vicino all'albero di Natale vuoto. All'improvviso le venne in mente un'altra cosa molto strana: qualche giorno prima le era caduto il suo primo dentino e, ora che ci pensava bene, la mattina dopo non aveva trovato nemmeno un soldino sotto il cuscino. Niente di niente.

Fu in quel momento che un filo d'argento attaccato all'albero catturò la sua attenzione. Lo prese in mano e lo osservò da vicino. Non era una decorazione natalizia. Era luccicante ma un po' ricciolino. Sembrava duro come la barba del suo papà ma era molto più lungo e bianco. Di chi poteva essere? Chi poteva avere una barba così lunga, dura e bianca?

Ma certo!!! Babbo Natale!!!

Allora era passato da casa sua! Ma perché non aveva lasciato i regali che Emma si meritava? Tutte queste domande le stavano attraversando la mente, quando Emma si accorse che un altro ciuffetto di barba era caduto sul pavimento e poco più in là ce n'era un altro e un altro e poi un altro ancora. I ciuffetti di pelo disegnavano una pista che portava fino al camino spento.

"È tutto molto strano!" disse tra sé. "Devo assolutamente scoprire cos'è successo a Babbo Natale! Potrebbe essere in pericolo!"

Emma non ci pensò due volte. Seguì la pista e si arrampicò su per il camino. Non ci era mai stata prima. Era tutto nero, sporco, buio e puzzolente, ma Emma si tappò il naso e cercò di raggiungere l'uscita più veloce che poteva.

Una volta sbucata sul tetto, vide che anche lì era pieno di ciuffetti di barba bianca che brillavano alla luce del sole. Seguì gli indizi fino al bordo del tetto, ma da lì in poi la traccia svaniva. Emma pensò che la sua ricerca fosse finita e gettò uno sguardo stanco e triste verso il cielo. In quel momento le sembrò di vedere la slitta trainata dalle renne. Evviva! Quindi, anche se in ritardo, Babbo Natale stava per arrivare! Ma la slitta continuava a girare in tondo e non c'era nessuno a guidarla. Emma cercò di farsi notare dalle renne!

«Ehiii! Sono quiii!» urlò sventolando le braccia.

Le renne la videro e atterrarono sul tetto, accanto a lei.

«Che cosa è successo? Dov'è Babbo Natale?» chiese Emma impaziente. «Stiamo tutti aspettando i nostri regali!»

«Babbo Natale è stato rapito!» risposero le renne. «Non sappiamo chi è stato, ma devi aiutarci a salvarlo!»

«E come faccio? Vorrei aiutarvi ma non ho idea di dove sia andato!» protestò Emma.

«Non ti preoccupare! Ci serve solo qualcuno che guidi la slitta, a trovarlo ci pensiamo noi! Il nostro fiuto è infallibile!»

Le renne raccontarono a Emma che Babbo Natale profumava di biscotti, neve e latte e che lo avrebbero riconosciuto anche a chilometri di distanza. Emma ci pensò un secondo e infine disse: «Ok, vi aiuterò! Ma prima ho bisogno della mia squadra...»

Emma passò a casa dei suoi amici Lulu e Jacopo e poi tutti insieme sfrecciarono nel cielo, guidando le renne alla ricerca di Babbo Natale. Le renne tenevano il naso bello dritto, pronte a cogliere un sentore di biscotti misto a neve e latte, e dopo qualche minuto Rudolph esclamò:

«Trovato! Il nostro fiuto non ci inganna! Babbo Natale è lì dentro!»

La slitta volante atterrò sul tetto di un palazzo abbandonato, con le finestre sbarrate da assi di legno fradicio e con i mattoni che si sgretolavano da tanto erano vecchi.

«Ma siete sicure?» chiese Jacopo alle renne.

«Questo posto puzza di muffa» aggiunse Lulu.

«Sicure al cento per cento! Il nostro fiuto non sbaglia mai!»

Effettivamente Emma, Lulu e Jacopo trovarono subito altri ciuffetti di barba sparsi per terra che conducevano a un altro camino. Uno dopo l'altro si calarono giù.

Sporchi di fuliggine, atterrarono in una grande stanza buia e spaventosa, illuminata solo da qualche candela. Appena i loro occhi si abituarono al buio, videro in lontananza la sagoma di un signore barbuto. Si avvicinarono e, con grande sorpresa, si accorsero che si trattava proprio di Babbo Natale. Era legato a una sedia.

«Babbo Natale! Sei proprio tu?» chiesero in coro.

«E chi volete che sia...» rispose Babbo infastidito.

«Ti facevamo più grasso» azzardò Jacopo.

«Macchè grasso, sono un figurino! Non so perché mi disegnano sempre così!»

«Non è il momento di parlare di questo! Dobbiamo liberarti e fuggire da qui, così tutti i bambini potranno finalmente festeggiare il Natale!» disse Lulu.

«Non sono l'unico a essere stato rapito! Mentre mi portavano qui, ho visto in una stanza tutte le altre feste chiuse in una gabbia!»

«Tutte le altre feste?!?»

«Sì, tutte le feste dei bambini! C'era Arlecchino di Carnevale legato alla Befana, la Fatina dei denti intrappolata vicino allo Spirito del compleanno. Anche la Zucca di Halloween era stretta stretta vicino a Cupido di San Valentino! Praticamente nessuno potrà più festeggiare nulla!»

«Ma chi può aver fatto una cosa simile?» chiese Jacopo.

«Non lo so, ma dobbiamo sbrigarci a fare qualcosa!» intimò Babbo Natale.

«Jacopo, tu slega Babbo Natale mentre io e Lulu pensiamo alle altre feste» propose Emma.

Emma e Lulu presero il coraggio a due mani e si incamminarono lungo il corridoio buio, alla fine del quale videro una porta chiusa. Si avvicinarono e, senza fare rumore, sbirciarono all'interno. Era proprio come aveva raccontato Babbo. Un signore dall'aria normalissima stava tenendo prigioniere tutte le feste. Era un signore qualunque. Né troppo alto né troppo basso. Né troppo magro né troppo ciccio. Né bello né brutto. Assomigliava un po' al papà di Emma... ma anche un po' al papà di Jacopo e anche a quello di Lulu. Era proprio un signore come tanti.

«Ci vuole un piano. Lulu, tu distrai quel signore e fallo uscire da qui. Prima che la porta si chiuda, io entro a liberare le feste. Poi ci vediamo tutti nella stanza di Babbo Natale e ce ne andiamo da qui!» propose Emma.

«Ok!» disse Lulu cominciando a saltare, a strillare e a fare più chiasso possibile! Faceva tutto quello che i genitori le vietavano di fare a casa: linguacce, pernacchie, urla... ma questa volta le stava facendo per una buona ragione e si stava anche divertendo un sacco.

Non appena si accorse di lei, il signor Normalissimo si fece subito prendere dalla rabbia e cominciò a inseguirla dimenticandosi di tutti i suoi prigionieri. Quando l'uomo uscì in corridoio, Lulu aspettò che salisse sul grande tappeto e poi, con un colpo secco e rapido, glielo levò da sotto i piedi. Il signor Normalissimo fece una capriola volante e finì gambe all'aria atterrando con un rumore assurdo. Lulu fu velocissima a rubargli dalla tasca la chiave della gabbia senza che lui se ne accorgesse. Le lanciò a Emma, che le prese al volo e liberò i prigionieri.

Una volta aperta la porta, tutte le feste uscirono una dopo l'altra: Halloween, la Befana, Arlecchino, lo Spirito del Compleanno e anche la Fatina dei denti (che solo in quel momento si rese conto di essere talmente piccola che avrebbe potuto scappare anche prima passando attraverso le sbarre... ma va beh...)

Tutti andarono a rifugiarsi nella stanza di Babbo Natale. Anche Lulu stava arrivando, inseguita dal signor Normalissimo che nel frattempo si era rialzato ed era sempre più arrabbiato. Nel momento in cui anche Emma e Lulu furono entrate, Jacopo nascosto dietro la porta allungò un piede e fece lo sgambetto al signor Normalissimo che finì gambe all'aria per la seconda volta in pochi minuti. Arlecchino lanciò una corda alla Fatina dei denti, che volò tutto intorno al signor Normalissimo e lo legò come un salame. Poi lo Spirito del Compleanno e la Befana fecero un bel nodo e la Zucca di Halloween lo strinse per bene.

«Hai messo in pericolo la festa dei bambini!» lo rimproverò Babbo Natale.

«Se vuoi che ti liberiamo, devi dirci chi sei e perché lo hai fatto» ordinò Emma.

Il signor Normalissimo si guardò intorno e capì di non avere più scampo. E siccome in fondo non era cattivo per davvero, confessò:

«Un tempo tutti i bambini aspettavano con impazienza anche me, per ricevere un regalo o anche solo qualche bella parola di augurio. Ora invece nessuno mi pensa più. Sono arrivate nuove feste dall'America che un tempo qui in Italia non festeggiava nessuno... come quella tipa lì... che oggi è più amata di me» piagnucolò indicando la Zucca di Halloween.

Emma si intenerì e provò a consolarlo: «Ma a noi bambini le feste non bastano mai. Abbiamo sempre spazio per un regalino in più... Dico bene ragazzi?»

Tutti risposero di sì in coro.

«Quindi volete dire che potreste voler bene di nuovo anche a me?» chiese il signor Normalissimo con un filo di speranza.

«Ma certo!» lo rassicurarono tutti. «Prima però dobbiamo almeno sapere chi sei» disse Jacopo.

Il signor Normalissimo li guardò negli occhi e con aria solenne disse:

«Io sono l'Onomastico!»

L'Onomastico?!?! Quasi nessuno ne aveva sentito parlare, qualcuno ricordava

vagamente un racconto dei genitori, altri pensavano fosse il nome di una malattia. Ci pensò Babbo Natale a chiarire la situazione.

«Ma certo! L'Onomastico! È il giorno in cui si festeggia il nome di ogni bambino!»

«Non proprio di tutti» protestò l'Onomastico. «Ormai i genitori chiamano i bambini con nomi assurdi che non compaiono neppure nel calendario...»

«Che ci vuoi fare... I tempi cambiano e ci dobbiamo adeguare...» tagliò corto Babbo Natale. «Pensi che io non patisca la concorrenza degli acquisti on line e delle consegne espresse? Che le vecchie maschere di Carnevale non siano minacciate dai nuovi costumi dei supereroi? Ma non per questo facciamo mancare ai bambini il nostro affetto».

«Avete ragione» ammise lo Spirito dell'Onomastico. «Se posso fare qualcosa per rimediare alle cattiverie, sarò felice di darvi una mano!»

«Così si fa!» festeggiò Emma. «Ma non ci hai ancora detto come ti chiami!»

«Mi chiamo Stefano... Santo Stefano!»

La Befana tirò fuori dal suo sacco un calendario e urlò: «Che coincidenza! Santo Stefano è proprio tra poche ore!»

«Domani è l'onomastico del signor Onomastico!» rise Lulu.

"Beh... quale migliore occasione per darsi da fare e festeggiare tutti insieme?" pensò Emma.

"Questo albo dei Fan Brothers è una meraviglia per gli occhi"

Rossana Sisti, *Avvenire*

"Barnabus non è un libro, ma un farmaco: una pillola di grazia e poesia"

Camilla Tagliabue, *Il Fatto Quotidiano*

Le parole di Orso guidano Volpe e Leprotto alla ricerca di una cosa chiamata neve.
Scopri anche tu con i due cuccioli curiosi la meraviglia dell'inverno!
Un viaggio tra le creature e i favolosi paesaggi naturali nella stagione più affascinante dell'anno.

"Il libro di Ilan Brenman con i bellissimi disegni di Guilherme Karsten illustra come i continui spostamenti umani affondano nell'antico Egitto per arrivare poi a Costantinopoli e ai tempi nostri"

Arianna Di Genova, *Le Monde Diplomatique - Il manifesto*

"Un albo che invita a (ri)alzare lo sguardo in alto, per andare più in profondità: un esercizio di verticalità utile, in un tempo appiattito sull'orizzontalità della simultaneità frettolosa"

Donatella Trotta, *Il Mattino*

"Le tavole di questo libro trasfigurano un dato scientifico in immaginazione, con un effetto di spaesamento che induce a tornare ad alzare lo sguardo"

Andersen

"Un libro dove a parlare sono soltanto le bellissime illustrazioni"

Emanuela Rosa-Clot e Valentina Romano, *Gardenia*

"In questo mio libro la natura è un personaggio che partecipa, non una decorazione. Penso che sia il modo migliore per far amare e rispettare la Terra. Senza dare lezioni"

Anne Herbauts a *la Repubblica*

"Nei libri di Anne Herbauts i colori scandiscono il passare del tempo, lo svolgersi della giornata e danno voce alle emozioni"

Marina Petruzio, *L'Indice dei Libri del Mese*

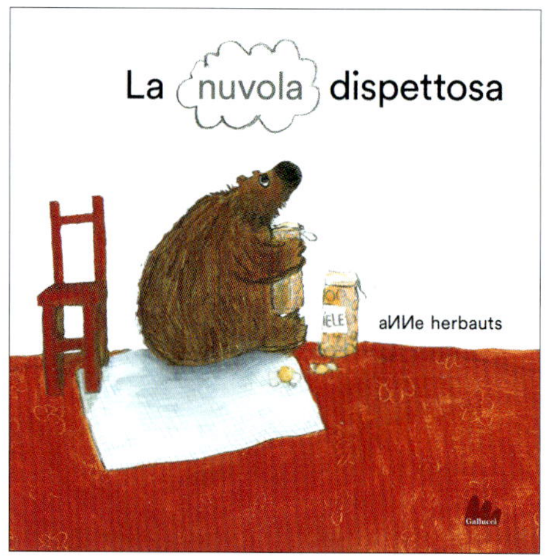

"Lo stile evocativo e onirico di Charlotte Gastaut è capace di incantare grandi e piccini"

Tania Innamorati, *Il Fatto Quotidiano*

"Quando creo una storia voglio che il lettore si emozioni per le diverse possibilità e punti di vista che gli offro"

Alexandre Rampazo, *LiBeR*

Gallucci

Nelle stesse edizioni:

L'uccello di fuoco Luzzati
I paladini di Francia Luzzati
I tre fratelli Luzzati *(serie Creste d'oro)*
La ragazza cigno Luzzati *(serie Creste d'oro)*
Biancaneve Goust *(due edizioni)*
La gazza ladra Luzzati
Piccoli Budda Campo, Noia
Laguna l'invidiosa Scarpa, Gianola *(due edizioni)*
Ernest e Celestine Vincent *(due edizioni)*
Ernest e Celestine hanno perduto Simeone Vincent
Ernest e Celestine musicisti di strada Vincent
Ernest e Celestine - Ernest ha l'influenza Vincent
Pace a cura di L. A. Gallucci
Cantastorie Luzzati *(serie Creste d'Oro)*
Il principe Siddharta Mariniello
Ernest e Celestine al circo Vincent
The Beatles Granström, Manning
L'Isola del Tesoro Stevenson, Innocenti, Rauch *(due edizioni)*
La Creazione Fruttero, Làstrego & Testa *(serie Creste d'oro)*
Io, io... e gli altri? AA. VV. *(quattro edizioni)*
La Giovanna nel bosco Làstrego & Testa
L'albero dei bambini Blackall *(due edizioni)*
Io sono Gatto Morris
I fantastici cinque Blake *(due edizioni)*
I cigni selvatici Kochka, Gastaut
Le due stelle di Laura Baumgart
Due su mille Teckentrup
Il sentiero e altre filastrocche Testa, Berruti
La cameretta di van Gogh Margherita e Rosetta Loy *(tre edizioni)*
Pop al pomodoro Margherita e Rosetta Loy
Di che colore è il vento Herbauts
Il flauto magico Gastaut
Lev Vagnozzi *(due edizioni)*
Ma... in che libro siamo finiti!? Byrne
Stella, babbo e papà Schiffer, Brown
Un amico spaventoso Scarpa, Gianola *(due edizioni)*
Cenerentola Gastaut *(due edizioni)*
Il flauto magico Luzzati *(serie Creste d'Oro - due edizioni)*
Il cucciolo di dragone Niemann *(due edizioni)*
Il giardiniere notturno The Fan Brothers
La sirenetta Gastaut *(due edizioni)*
Giulia e il Drago Barnes
Favole Pazienza *(due edizioni)*
Il canto della Felicità Chabas, Sala
E hanno visto tutti un gatto Wenzel *(due edizioni)*
Questo libro è fuori controllo! Byrne
Labirinti Guignard
Lo scrigno incantato Chabas, Sala
L'orsetto di Fred Argaman, Ofer
La nave cervo The Fan Brothers
Papà, non sono stata io! Brenman, Cantone
L'orchestra Perarnau
Papà, chi l'ha inventato? Brenman, Cantone
Tre portoghesi sotto un ombrello (senza contare il morto) Walsh, Calveiro
La furia di Banshee Chabas, Sala *(serie Creste d'oro - due edizioni)*
Libro-affresco. I veicoli Mitgutsch
Libro-affresco. Un giorno nella vita di tutti i giorni Mitgutsch *(due edizioni)*
Le dodici principesse danzanti Barrager (serie Creste d'oro - quattro edizioni)
Bambi Kochka, Lebot
Walden. Un anno nei boschi Thoreau, Manna
Magritte. Questo non è un libro Margherita e Rosetta Loy *(tre edizioni)*
Ma le principesse fanno le puzzette? Brenman, Zilberman *(tredici edizioni)*
Lo zodiaco dei gatti Costa *(due edizioni)*
Almanacco degli animali Holtfreter
Imagine Lennon, Jullien *(due edizioni)*
Storie da Il Milione di Marco Polo Rosen, Pritelli
Frida e Diego Negrin *(tre edizioni)*
A proposito dei dinosauri Teckentrup
Giulia e il Leone Barnes
Ernest e Celestine al museo Vincent
La Grande Orchestra del Bosco Antico Van Genechten
Il libro segreto degli orchi e delle fattucchiere Brenman, Zilberman *(due edizioni)*
Accendi la notte Bradbury, Ferrari *(tre edizioni)*
E le farfalle, fanno le puzzette? Brenman, Zilberman
Anche le principesse portano gli occhiali Raimondi, Pravato *(due edizioni)*
Il gelataio Tirelli Meir, Albert *(due edizioni)*
Una storia grande come la mano Herbauts
Dove il mare incontra il cielo The Fan Brothers
Sta per piovere Herbauts
Terraneo Amodio, Del Vecchio
Pandamonio Owen, Nixon
Trova l'intruso Ruyer
Il mio gatto Cicciabomba Roussey
Il Grande Muro Rosso Teckentrup
Il giro del mondo in 80 rompicapi Artymowska
Almanacco dei colori Holtfreter
Cucù! Un libro cerca e trova Arhoj
L'albero dei ricordi Teckentrup
La libreria volante di Dante Campbell, Harnett
Quanti baci Chedru
Lo sconcertante caso del ladro di disegni! Byrne
Il giardino dell'elefante Ray
La storia infinita della sera Gillot, Thomine, Boutavant
Yellow Submarine The Beatles, Edelmann
Aleph Coat
Cosa fanno i grandi tutto il giorno? Morgand
Cosa fanno gli animali tutto il giorno? Hunt, Studio Muti
Il mago delle rotelle Pelon
Nonno Mandela Zindzi, Zazi e Ziwelene Mandela, Qualls
Il mio libro delle emozioni Couturier, Poignonec *(due edizioni)*
Il mio primo libro delle buone maniere Troublé, Paruit
Il naso di Cyrano Rostand, Maincent, Baas
Barchetta gialla Laden, Castrillon
Il mio cane puzzolone Roussey
Che forza, il cantiere! Duskey Rinker, Lichtenheld
Luna adora la biblioteca Coelho, Lumbers
Ecco il lupo Rampazo
Chi ha spento le candeline? Brenman, Le Huche
Il grande viaggio della piccola Angelica Gastaut
L'albero meraviglioso Herbauts
La rabbia Couturier, Poignonec
La paura Couturier, Poignonec
La compagnia delle stelle Teckentrup
La musica più bella del mondo Wume
Odio i miei gatti (una storia d'amore) Calì, Pirolli
Color collera Trédez, Piu
Il grrrande Grrr Chabbert, Guridi
La gita notturna Dorléans
Tutta la verità sugli anziani Ellis
Che tonto, signor Lupo! Ross
Bobo Jazz Voigt
Quanto è grande il nostro piccolo Teckentrup
La nuvola dispettosa Herbauts
Mai portare un orso in classe Sperring, Teckentrup
Il libro che non sopportava i bambini Naumann-Villemin, Simon
La grande orchestra Laffon, Stella
Gli alberi e le loro storie Benoist, Gastaut *(due edizioni)*
L'albero che doveva essere proprio così Zommer
L'eroe Love
Rifugiati Brenman
C'è qualcuno al gabinetto? Van Straaten
Gli abitanti delle nuvole Amodio, Del Vecchio
Qui accanto a me Rampazo
La fiorita Castrillon
Greta e i giganti Tucker, Persico
Il girotondo del soldino McGough
Madame Badobedà Dahl
Un fratellino? Oh, no! Scobie
C'è un leone in biblioteca! Skinner, Guillerey
Mano nella mano Teckentrup
Serenata al chiaro di luna Preston-Gannon
Il divano perfetto Kuo
Tino non è una medusa Roberts, Peck
Ehi, ranocchietto! Gray, Field
Blu Teckentrup
È così che sono nate le stelle Mistry
I tre gatti Hachimi Alaoui, Fidawi
Una cosa chiamata neve Zommer
Barnabus The Fan Brothers

E tutti insieme uscirono dal palazzo abbandonato. Stretti stretti, salirono sulla slitta delle renne che, con un po' di fatica ma tanta forza, li portarono in giro nella notte a distribuire i regali ai bambini. Sulla slitta c'erano un sacco di pacchetti, ma con il lavoro di squadra riuscirono a consegnarli tutti prima della mezzanotte.

Per fortuna il Natale era salvo!

Grazie a Emma e ai suoi amici ogni bambino quell'anno cominciò a festeggiare sotto l'albero, per poi continuare a scartare regali alla Befana, a Carnevale, ad Halloween, al compleanno e a ogni dentino caduto. E festeggiò anche nel giorno in cui il proprio nome comparve sul calendario!